Marion Schmitt

Seelenherbst

Gedichte

zum nachdenken,
sich selber wiederfinden,
weinen, schmunzeln
oder einfach zum genießen

epubli

Für Jürgen und Sabine

Texte und Layout: Marion Schmitt

Fotos: Marion Schmitt und Caro Rubach

Copyright: © 2009 by Marion Schmitt
Überarbeitung und Erweiterung: © 2011 by Marion Schmitt

Druck und Verlag: epubli GmbH, Berlin, www.epubli.de

ISBN: 978-3-8442-1281-5

1. Auflage 28.10.2009
2. Auflage 03.11.2010
3. Auflage 04.11.2011 (überarbeitet und erweitert)

Bibliografische Information der deutschen Nationalbibliothek:
Die Deutsche Nationalbibliothek verzeichnet diese Publikation in der Deutschen Nationalbibliografie; detaillierte bibliografische Daten sind im Internet über http://dnb.d-nb.de abrufbar.

TauRom
Selbstverlag M. Schmitt
Höchster Straße 18a
D-65719 Hofheim am Taunus
www.taunusroman.de
www.buchakrobaten.de

Printed in Germany

Umwelthinweis:
Dieses Buch wurde auf chlor- und säurefreiem Papier gedruckt

8	Ich bin …
10	Augenstern
12	Chaos
14	Taufrisch
16	Schmerzen
18	Mama
20	Eindeutig
22	Hände
24	Freunde !?
26	Ich kenne Dich
28	Kleines Mädchen
30	Sonntagmorgen
31	Z W E I
34	Verschwinde
36	Für P.
38	Hab` dich nie gewollt …
40	Ansonsten …
42	Worte …
43	Verständnis?!
46	Warum?
47	Für meinen Vater …
50	Schöne Worte
52	Raues Lachen
54	Mann
56	… für Euch
57	Der Riese
60	Jeden Tag
62	Ohne Worte
64	Selbstaufopferung
66	Seelenherbst

(Borken 2009)

Ich bin ...

Ich bin weiblich
und über ein halbes Jahrhundert
in dieser Welt zuhause.

Ich habe viel gelernt
und mir meinen Humor
auch über schlechte Zeiten hinweg bewahrt.

Ich will leben
und all meine Ängste und Sorgen
weglachen.

Ich muss nichts tun,
was ich nicht will
und was mir Angst macht.

Ich kann trauern
über Verlorenes
oder fest in die Zukunft schauen.

Ich darf sein
und brauche mich deswegen
nicht zu schämen.

Ich bin!

(Jule 2005 - ©CR)

Augenstern

Es gibt keinen Menschen auf dieser Welt,
mit dem ich so verbunden bin,
wie mit dir.

Du bist ein Teil von mir
– der bessere Teil vielleicht.

Es ist nicht immer leicht mit dir,
aber es ist niemals leicht ohne dich.

Du bist meine Vergangenheit,
meine Gegenwart
und meine Zukunft.

Du bist mein Augenstern.

Ich liebe dich
und bin unendlich stolz auf dich,

meine Tochter.

(Sardinien 2008)

Chaos

Chaos in mir.
Chaos um mich herum.

In meinem Herzen
und auf meinem Schreibtisch.

In meinen Gedanken
und in der Küche.

In meinen Gefühlen
und in den Schubladen.

In meiner Seele
und auf dem Dachboden.

Einmal mit dem breiten Besen
alles wegkehren und neu beginnen?

Nein – zu viel Liebgewordenes
steckt in dem großen Haufen.

Ich krempele die Ärmel hoch
und fange an aufzuräumen …

(Pröbstinger See 2009)

Taufrisch

Erinnerung an Kindertage,
feuchtes Frösteln,
kitzelnde Frische.

Erinnerung an Unbekümmertheit,
fröhliches Lachen,
erschrecktes Kribbeln.

Warum habe ich solange gewartet?

Erinnerung an Gefühle,
glitzerndes Licht,
funkelnde Vielfältigkeit.

Erinnerung an Glück,
dunstige Nebelschleier,
erste Sonnenstrahlen.

Warum habe ich solange gewartet?

Schon längst hätte ich
meine Schuhe ausziehen sollen,
um das wunderbare, taufrische Gras
wieder unter meinen Füßen zu spüren.

(Kyra 2009)

Schmerzen

Ihr seid so elendig
und erschleicht euch ein großes Stück
meines kleinen Lebens.

Habe ich euch verdient?
Oh ja – aber ich will es nicht einsehen.

Was empfahl die innere Stimme
und der Verstand,
seit vielen Jahren immer und immer wieder?
Bewegung … Abnehmen … Entspannen.
Schluss mit Stress … Überlastung …
Alkohol … Zigaretten.

Ich weiß das – wir wissen es alle!
Warum, zum Teufel,
richten wir uns nicht danach?

Wie schwach nur ist der Mensch!
Und doch so stark!
Badet er letztendlich doch aus,
was er sich selbst eingebrockt hat
- gegen besseres Wissen!

Au – verdammt!

(Italien 2009)

Mama

Seit vielen Jahren schon bist du fort.
Hast mich alleine gelassen
mit all meinen Ängsten.

Niemals habe ich einen Menschen
mehr geliebt, als dich.

Niemals habe ich einen Menschen
mehr gebraucht, als dich.

Du hast mir mein Sein geschenkt
und warst immer für mich da.

Meine beste Freundin, meine Ratgeberin,
mein Licht, mein Leben.

Manchmal schaust du durch die Wolken
auf mich herab und passt auf,
dass mir nichts Böses geschieht.
Du bist mein Schutzengel!

Und irgendwann, ich weiß es genau,
werden wir uns wieder gegenüber stehen –
im Regenbogenland.

Auf Wiedersehen.

(Heiligenblut/Austria 2009)

Eindeutig

Nur einen leisen Windhauch spüren,
der Gräser und Herz sanft schaukelt.

In der Ferne das Murmeln des Baches erahnen,
der sich glitzernd ins Tal windet.

Friedliche Stille rundum ...

Die zum Greifen nahen Berggipfel erblicken,
die mächtig und majestätisch herüber schauen.

Die schläfrig sich rekelnden Hunde beobachten,
die sich von der Sonne streicheln lassen.

Friedliche Stille rundum ...

Den wolkenlosen Himmel über dir genießen,
der wärmendes Licht schickt.

Einen langen, zeitlosen Tag erleben,
der heilenden Balsam für deine Seele bedeutet.

Friedliche Stille rundum ...

Eindeutig – hier gehörst du hin!

(Jü+Ju 1987)

Hände

Die Nacht ist dunkel.
Der Wald voller unheimlicher Geräusche.
Nur kurz lugt der Mond
hinter einer Wolke hervor.
Du nimmst meine Hand in deine
… meine Angst ist verflogen.

Der Tag ist laut.
Die Stadt voller Menschen,
die grenzenlose Hektik verbreiten.
Nur kurz lugt die Sonne
zwischen den Hochhäusern durch.
Ich nehme deine Hand in meine
… deine Angst ist verflogen.

Wir wandern um den See.
Die Vögel zwitschern ihr Morgenlied,
während die Sonne strahlend schön
den Tag begrüßt.

Unsere Hände finden sich wie von selbst,
auf fast mystische Weise
… und unsere Ängste gibt es
für den Moment nicht mehr.

(Korfu 2008)

Freunde !?

Ich habe euch Freunde genannt.

Wo seid ihr?

Atemberaubend schnell
und unendlich langsam
ist die Zeit vergangen,
seit wir miteinander lachten.

Mir ist nicht mehr
zum Lachen zumute.

Freunde sollten auch
zusammen weinen können.

… aber jetzt sind mir die Tempos
ausgegangen!

(Italien 2011)

Ich kenne Dich

Sie klopft nicht an,
sie stürmt einfach herein.

Niemand will sie,
aber keiner kann ihr entkommen.

Manchmal ist sie wertvoll,
doch meistens belastend.

Sie malt alles schwarz an
und lässt uns kaum atmen.

Erstarrung und Tränen
sind ihre Begleiter.

Vieles können wir nicht tun,
einfach nur, weil sie da ist.

Sie lässt das Herz rasen
und den Magen sich verrenken.

Oft bringt sie
Schmerz und Wut mit sich.

Ich kenne sie gut.
Ich kenne sie zu gut – die Angst.

(Jule 2005 - ©CR)

Kleines Mädchen

He – kleines Mädchen in der großen Stadt,
wovor hast du Angst?
Du steckst mitten im Leben
und wirst akzeptiert, gemocht, bewundert.
Du bist unbeschreiblich!

He – kleines Mädchen in der Beziehungskiste,
wovor hast du Angst?
Du steckst mitten im Erfahrungensammeln
und wirst begehrt, ersehnt, geliebt.
Du bist bezaubernd!

He – kleines Mädchen in der Verantwortung,
wovor hast du Angst?
Du steckst mitten im Lernprozess
und wirst geachtet, anerkannt, respektiert.
Du bist einzigartig!

He – kleines Mädchen, du bist jetzt eine Frau!

Aber für mich wirst du immer
mein kleines Mädchen bleiben!

(Kirschblüten 2008)

Sonntagmorgen

Ein vorwitziger Sonnenstrahl
kitzelt meine Nase,
langsam tauche ich
aus herrlichen Träumen an die Oberfläche.

Plötzlich bin ich hellwach,
ein langer wundervoller Sonntag liegt vor mir.

Vor dem Fenster tanzen bunte Schmetterlinge
und die Vögel zwitschern ihren Morgengruß.

Der Kirschbaum streckt seine grünen Arme
bis ins Zimmer hinein,
als wolle er mich nach draußen locken.

Ich folge seinem verheißungsvollen Ruf
und werde nicht müde
in dem großen verwilderten Garten
nach Abenteuern zu suchen.

Unbeschwerte Kindheit.

ZWEI

Licht
Lachen
Leben
Stille
Zärtlichkeit
Abenteuer
Spaß
Gefühl
Ruhe
Gänsehaut
Verständnis
Feingefühl
Mut
Liebe

All das bist du.

Du bist ZWEI.

Schatten
Tränen
Leiden
Gebrüll
Trieb
Zwang
Trauer
Druck
Strapaze
Streit
Jähzorn
Derbheit
Angst
Hass

Zwei Seelen, zwei Herzen,
zwei Menschen.

Ich war noch nie gut in Mathe ...

(Korfu 2008)

Verschwinde

Du quälst mich vierundzwanzig Stunden am Tag.
Immer bist du gegenwärtig.

Nur während des wenigen Schlafes,
den Du mir gönnst,
kann ich dich vergessen.

Ich hasse dich nicht, denn Du gehörst zu mir.
Trotzdem tust Du mir weh.

Manchmal, wenn du sanft bist kann ich lachen.
Leider nur noch oberflächlich.

Ein Blick zur Uhr – halb vier.
Die ganze verdammte lange Nacht
hast Du mich wieder wach gehalten.

Du lässt mich grübeln und verzweifeln.
Du krallst Dich in mir fest.

Warum kann ich Dich nicht ablegen,
wie ein löchriges Hemd?

Warum gehst Du nicht freiwillig
und lässt mich am Leben?

Ich kann Dich nicht länger ertragen!
Verschwinde …… Tinnitus.

(Denia/Spanien 2005)

Für P.

DANKE …
für die Zeit, die ich mit dir verbringen durfte.

DANKE …
für deine Ruhe, die meiner Seele so gut tut.

DANKE …
für dein wunderschönes Lächeln.

DANKE …
für dein Einfühlungsvermögen.

DANKE …
für die wertvollen Gespräche.

DANKE …
für deine strahlenden Augen.

DANKE …
für deine Offenheit.

DANKE …
für die Inspiration.

DANKE …
für dein Vertrauen.

Wir bleiben in Verbindung!?
… BITTE

(Pröbsting 2009)

Hab' dich nie gewollt ...

Nie habe ich dich gerufen,
nie habe ich dich eingeladen
und trotzdem bist du gekommen.
Das hab' ich nicht gewollt.

Du hast mich gepeinigt,
du hast mich in eine unbekannte, traurige,
fast tote Welt schauen lassen.
Das hab' ich nicht gewollt.

Lange hast du mich leiden lassen,
lange hast du mich gequält
und viel zu lange bist du bei mir geblieben.
Das hab' ich nicht gewollt.

Aber ich habe den Kampf
gegen dich niemals aufgegeben!

Und endlich, endlich
habe ICH gewonnen.

Jetzt scheint die Sonne
auch wieder für mich.

DAS will ich!

(Pröbstinger See 2009)

Ansonsten …

Erfrischendes Licht der aufgehenden Sonne.
Zarte Nebel über dem See.
Lebensfroh der Morgengesang
aus tausend Vogelkehlen,
ansonsten atemlose, wunderbare Ruhe.

Erste Sonnenstrahlen streicheln
das satte Grün des Grases.
Es funkelt, wenn das schimmernde Licht
durch die Blätter fällt.
Ein zarter Windhauch lässt mich leicht frösteln,
ansonsten atemlose, wunderbare Ruhe.

Traumhaft das Zusammenspiel
zwischen Licht und Schatten.
Genial, wie die Natur zaubern kann.
Unglaublich,
wie viele verschiedene Grüntöne es gibt,
ansonsten atemlose, wunderbare Ruhe.

Eine Libelle schillert in allen Regenbogenfarben.
Schau – die Entenfamilie auf dem ruhigen Wasser.
Drei kleine Kaninchen hoppeln
übermütig entlang des Pfades …

NEIN, Kyra - braver Hund!

Ansonsten atemlose, wunderbare Ruhe.

(Frankreich 2011)

Worte ...

Worte können schmerzhafter sein,
als Messerstiche.
Sie können verletzen,
sogar Menschenleben vernichten.

Worte können Kriege entstehen lassen
und ganze Imperien zu Grunde richten.

Worte haben Macht.

Aber Worte können auch
Liebe, Hilfe, Verständnis bedeuten.

Sie können lindern, trösten und aufmuntern.

Worte können mich zum Lachen bringen.
Deine Worte können mich zum Lachen bringen
– aber auch zum Weinen.

Nichts ist vielfältiger als das Wort,
wunderbar und grausam zugleich.

Verständnis?!

Seit langer Zeit
gibt es keinen Tag in meinem Leben
der mich nicht quälen würde
- aber ich funktioniere.

Jede Stunde
ist von Schmerz durchwebt
in Kopf, Muskeln und Knochen
- doch ich funktioniere.

Jede einzelne Minute
erinnert mich das quälende Rauschen
an meine Ohnmacht
- trotzdem, ich funktioniere.

Schlaflose Nächte, Ängste und Verzweiflung
sind gute Bekannte von mir.
Doch am nächsten Tag
- muss ich funktionieren.

Ihr verlangt von mir,
dass ich denke und handele,
dass ich lache und optimistisch bin
- und ich funktioniere.

Gefühle sind mir abhanden gekommen,
leer ist alles um mich und in mir.
Aber Ihr erkennt es nicht
- weil ich funktioniere.

Ich bin nicht mehr belastbar
und will es doch jedem Recht machen.
Mir fehlt die Kraft, aber ich liebe Euch
und deshalb funktioniere ich.

Doch manchmal geht es nicht mehr,
dann sehnt sich in mir alles nach Ruhe.
Und dann kann ich nicht mehr funktionieren.

Habt Verständnis!

(Frankreich 2011)

(Korfu 2006)

Warum?

Lieben bedeutet,
den Anderen so zu nehmen wie er ist.
Warum willst DU MICH ändern?

Lieben bedeutet,
den Anderen so zu nehmen wie er ist.
Warum will ICH DICH ändern?

Wir behaupten, uns zu lieben
und doch tun wir nichts anderes,
als zu hoffen.

Du hoffst …
Ich hoffe …

… auf Veränderung!?

Warum können WIR UNS
nicht so nehmen, wie wir sind?

DAS wäre Liebe!

Für meinen Vater ...

Ich kann deine Hand halten
und dich umarmen.

Ich kann mit dir reden
und dich anschauen.

Ich kann dich umsorgen
und dir zuhören.

Ich kann um dich weinen
und dich küssen.

Ich kann dir ein Zuhause geben
und dir helfen.

Ich kann mit dir lachen
und dich lieben.

Ich kann für dich da sein
und dir vorlesen.

Ich kann dich spazieren fahren
und mit dir träumen.

Ich kann mich an dein Bett setzen
und mit dir schweigen.

Ich kann so unendlich viel für dich tun ...

… aber wenn du zu schwer wirst,
habe ich nicht mehr die Kraft dich zu tragen.

Ich liebe dich!

(2005)

(Korfu 2008)

Schöne Worte

Du explodierst.
Mir wird schwarz vor Augen
und mein Magen rebelliert.

Furchtbar laut und bedrohlich
klingt deine Stimme.

Warum die vielen Verletzungen,
die über deine Lippen brodeln?

Bin ich so böse und schlecht,
dass du mir solch
schmerzhafte Hiebe
verpassen musst?

Sag mir schöne Worte …

(Korfu 2008)

Raues Lachen

Hart die Schale – und doch so butterweich.

Aufbrausend das Temperament
– und doch so hilfsbereit.

Groß die Schnauze – und doch so selbstlos.

Negativ die Sichtweise
– und doch so humorvoll.

Hoffnungslos verklemmt
– und doch so offen geradeaus.

Bedenklich die Vorurteile
– und doch so warmherzig.

Kühl die Überlegungen
– und doch so großzügig.

Derb der Humor – und doch so feinfühlig.

Laut der Zorn – und doch so verletzbar.

Groß die Angst – und doch so tapfer.

Rau das Lachen – und doch so kindlich.

Ich mag dich,
dich und dein raues Lachen.

(Korfu 2007)

Mann

Strahlend blicken mich
deine spitzbübischen Augen an.

Ein Lachen liegt auf deinen Lippen.
Ein kleiner Junge,
den man einfach gerne haben muss.

Ich wuschele dir durch deine Haare.

Dann verkrieche ich mich
in deine ausgestreckten Arme.

Nähe und Vertrauen, Sicherheit
und Wärme erwarten mich.

Du bist kein kleiner Junge mehr
- du bist ein Mann.

(J&B 2006 - ©CR)

... für Euch

Echte Freundschaft ist etwas Wunderbares.

Kostbar, wie glitzernde Diamanten.
Unersetzlich, wie die Luft zum Atmen.

Selten, wie eine schillernde Sternschnuppe.
Verlässlich, wie der Sonnenaufgang.

Unbezahlbar, wie ein freundliches Lächeln.
Kraftvoll, wie ein harter Fels.

Leise, wie ein zarter Windhauch.
Heiter, wie fröhliches Kinderlachen.

Farbenfroh, wie eine bunte Blumenwiese.
Verständnisvoll, wie eine liebende Mutter.

Selbstlos, wie ein mitfühlendes Herz
und unendlich, wie die Zeit.

Danke für alles –
ich hab Euch lieb …

Der Riese

Kraftvoll und unerschütterlich,
so steht der alte Mann vor mir.
Er wird mir nicht ausweichen -
ich müsste es tun!
Dunkle Wolken jagen sich am Himmel
und aus der Ferne höre ich
erstes, wildes Donnergrollen.

Langsam trete ich näher heran.
Unglaublich, welche Energie er ausströmt,
fast greifbar die Magie, die ihn umgibt!
Ehrfurcht ergreift meine kleine Seele,
Bewunderung drängt sich mir auf.

Vorsichtig fasse ich ihn an.
Seine warme, harte, duftende Haut
ist unbeschreiblich.
Er bietet mir seinen Schutz, seine Stärke -
und ich nehme dankbar an.
Seine mächtigen Arme breiten sich
über mir aus.

Ich setze mich zwischen die knorrigen,
weitausladenden Wurzeln
und schmiege mich an ihn.

So überstehe ich unbeschadet
das raue Unwetter,
das seinen zerstörerischen Weg
bis zu uns gefunden hat.

Danke, du wunderbarer alter Baum!

(Schweiz 2011)

(Frankreich 2011)

Jeden Tag

Es ist äußerst ansteckend
und unausweichlich.

Furchtbar?
Oh nein!
Wunderschön!
Und viel zu selten!
Wir sollten es jeden Tag tun!
Es gibt kein Zuviel!

Lachen ist gesund
und macht uns glücklich,
wenn es aus unserem Innersten
hervorbrechen darf.

Verordnung:
Mindestens dreimal täglich
aus vollem Herzen!

(Morle, Frankreich 2011)

Ohne Worte

Wenn ich morgens aufwache,
schauen mir Deine hübschen, braunen Augen
bis tief in meine Seele hinein.
Ohne Worte, allein mit diesem Blick,
wünschst Du mir einen wundervollen Tag -
und ich weiß, dass es niemand
ernster meint, als Du, mein Freund!

Kein anderer steht so treu zu mir,
egal was immer auch geschehen mag.
Dir kann ich vorbehaltlos alles anvertrauen,
was mich berührt, bewegt,
ängstigt und erfreut -
und ich weiß, dass mich niemand
ernster nimmt, als Du, mein Freund!

Wir haben niemals Streit,
es gibt keine lauten Töne zwischen uns.
Du bist zufrieden mit dem,
was ich Dir gebe und
wenn Du in meiner Nähe sein darfst -
und ich weiß, dass mich niemand tiefer lieben
kann, als Du, mein Freund!

Alles beruht auf Gegenseitigkeit!
Komm … wir gehen Gassi!

(Italien 2011)

Selbstaufopferung

Da steht sie, die kleine Kerze,
deren Helle uns Orientierung in der Dunkelheit
gibt und uns nicht stolpern lässt.

Deren Licht uns vor unseren Ängsten bewahrt
und uns Trost spendet,
deren Wärme uns vor Kälte schützt und deren
Dasein uns so wohl tut.

Doch um welch fürchterlichen Preis?

Die kleine Kerze gibt uns ihr Geschenk, indem
sie sich selbst vernichtet.
Sie opfert sich für unser Wohlbehagen auf.

Haben wir uns schon einmal bedankt bei den
Kerzen UND den Menschen,
die uns viel mehr geben, als nehmen?

(Kaiserstuhl 2011)

Seelenherbst

Die Jahreszeiten des Lebens vergehen.

Mein Frühling mit all
seinen kindlichen Abenteuern.

Mein Sommer mit Lernen und Reifen.

Nun ist mein Herbst da, der von den frühlings-
und sommerhaften Prozessen profitiert.

Ich kann mich wieder auf kindliche Abenteuer
einlassen und von dem Wissen zehren,
dass mir der Sommer gebracht hat.

Nie werde ich auslernen,
aber das Wichtigste ist geschafft.
Jetzt kann ich anfangen das zu tun,
was mir Freude macht.

Denn mein Winter wird bald kommen,
dann ist noch Zeit genug auszuruhen.

Ich genieße meinen Herbst!

Weitere Veröffentlichungen der Autorin

Die spannenden TaunusRomane:

BLONDE AUGEN
(ISBN: 978-3-8372-0853-5)

KARIERTE SEELE
(ISBN: 978-3-0003-4453-4)

Bestellung über:

WWW.TAUNUSROMAN.DE

WWW.BUCHAKROBATEN.DE

Gewidmet ist dieses Buch allen Menschen und Tieren, die ich mag.

Danke für die seelische und moralische Unterstützung möchte ich sagen:

meiner Tochter Julia, die mich mit ihren ehrlichen und treffenden Kommentaren auf den Boden der Realität bringt. Meinem LAG Norbert, der mich durch seine außergewöhnliche Art an den Rand des Machbaren treibt. Meinen besten Freunden Jürgen und Bine, die wirklich immer für mich da sind. Ingrid, Leo, Petra, Elke, Anette, Gabi, Karin, Daggi, Micha und Nele, die mich mögen, obwohl sie mich gut kennen. Meinem Vater, weil er bei mir ist sowie Ela und Else, die sich aufopfernd um ihn kümmern. Woga und Silvi für das Kennenlernen der schönsten Insel und des liebsten Hundes. Und last but not least Kyra und Morle meinen vierbeinigen Freunden für die vielen entspannten Stunden mit euch.

Einen lieben Dank

von eurer Marion